口罩廠內望

曲辰 著

目錄

“社會進步，建築物經過時間洗禮，也要重建，除了供人住的屋宇外，工業生產的廠房也會重建，老舊的觀塘工業區，也經過了十年的重建，新式工廈已成鱗次櫛比，只見夾縫中露出一兩座舊式樓宇，與整體已顯得不甚協調，新廈已轉型作寫字樓，上班的是西裝革履的一族，從側面也反映了香港工業近年的逐漸式微。”

(一)初入口罩廠

六月中旬的一個早上，時間是早上約七時，雖然仍早，但天氣悶熱，馬路上行人不多，辛木步伐保持快速前進，兩眼在掃瞄大廈大門邊上街道的門牌。

走著，走了很久，在最接近到達時，卻驚見已走過了，唯有向後，但仍找不著，在思索著原因時，突然前面亦走來一年紀與辛木相仿的女子，看樣子也在找同一個門牌，找要到的地方。

辛木見那女子娟好溫文，束短髮，穿著輕便裝束，於是隨口說，你也是來找口罩廠的嗎？那女子很快向辛木回應說是，又說她已問過口罩廠的人員，該人員對她說口罩廠所處工廈的門面不大，正處轉角處，可能會不易把門牌找到，辛木聽了明白過來，難怪找來找去找不著，亦怪自己事前為何不向廠方問清楚。

辛木立即把頭扭後，果見後少少的大廈門面寫上他們想找大廈的名字，心想終於找到那座大廈了，而那女子亦指著那座大廈，催促著辛木向前，不久，突然發出「嘩」的一聲，並說電梯這般殘舊，大堂燈光昏暗以及通道

狹窄，指在此工作會很危險，一旦發生火災，逃走會困難。那女子臉上驟然露出不悅神色。

辛木想，五、六及七十年代的香港，香港是個正發展中的工業城市，一些工業區如觀塘人口密度相當大，政府興建的公屋可以容納大量人口，近海傍一帶工廠陸陸續續落成，至今，只有少數舊式留存，不少已重建，而這些舊式工廈，正見證了香港工業的興起。

待辛木在想起從前而思想反應過來後，果如那女子所說，大堂僅見兩部電梯，都相當舊，一部客梯，被塑膠欄圍起，上面掛著「待修中」的字樣，停止使用，而另一部電梯，𨊻門不少塗漆已剝落，仍用手推開𨊻門出入，令人仿似回到六七十年代的香港工廈時光，推門聲夾雜著鐵鏽的磨擦發出咔嚓地響，電梯一邊上一邊抖動，站立𨊻內令人心有點抖動，幸好今早人不多，.𨊻門開關不多，好不容易終到了目標樓層。

這棟舊式工廈，除了保留了舊款電梯外，連樓層的間格也不見改動，大部分單位還是分格地供人租用，今次辛木要找的目標單位，正正斜對電梯出口，從門面看，應該是經過重新裝修，單位不設接待處，員工出入要經內裡人員按門製開關才可進入。

辛木第一印象感到這家公司有點神秘，未入公司門口已出現保安問題，難道員工上班也要左防右防嗎？公司既然聘任這些工人工作，按理不是應該要信任這些員工嗎？在香港大部分的公司，大多在公司入口大堂安排接待人員，早上留意員工上班或招呼其它訪客，這是較正常的做法。

在上班前，員工都上了一堂講解課，事先了解口罩廠的初步運作，規定每位員工工作時需穿著全套防護衣，包括帽、手套，鞋套、口罩以及包裹全身的外套。目的是隔絕灰塵，以免口罩在生產時受到污染。正因需時穿戴，故員工要提早約十五分鐘上班。

而進入生產車間前，便要按著工作人員的指引一項項去完成，由於是第一次，手腳生疏，不時被工作人員催促，「喂，換拖鞋呀，排隊取名片啦，想去厠所的快點去。」正常程序先是換上公司安排好的拖鞋、之後穿上外套、再後即穿上手套及帽。而私人物品可放公司安排的鎖櫃內。當上述工作完成後，便到了最後一道關卡，進入除塵空間，人在裡面轉動一圈，身上的灰塵便會被噴出來的空氣噴乾淨。

辛木草草地完成最後一關後，總算順利進入車間，但工人並不是立即埋位工作，而是先站立一旁，或取來椅子坐下，等待組長吩咐。在此時刻，辛木眼角瞄到不遠處站立著和他一起上來的那名女子，於是輕輕腳地走到她的身邊，對她說：「你好，剛才多得你帶路，不然，不知要找到那時候，好可能要遲到而被拒諸門外。」因按該口罩廠的規定，遲到者不准入內工作。對方回應說：「不用客氣，只是順路而已。」

辛木輕輕一笑並問道：「剛才走得匆忙，忘了問你貴姓。」那女子爽快地回應說：「我姓王，英文名叫 Zoe，以後叫我 Zoe 吧。」並補充說：「若巧合分配同一組一起工作，又安排同一時間午膳，到時一齊呀。」辛木不加思索地點了點頭。公司 24 小時輪班，機器不會停，主要是因為在新冠疫情肆虐下市場對口罩的訂單理想，要趕時間生產，因此，食飯時間也要組長安排分批去。

辛木記得以前讀書時，也曾入工廠打工，做短期暑期工，賺點生活費，當年香港工業興旺，不少工廠都會請暑期工，若想人工高些，可以不用跟老闆說是做暑期工，這樣，會按正式職工支取人工，當然，工作量會較暑期工大，而辭工時會有點難為情，不過，面皮厚點就可以了。

他們交談時，大約過了一刻鐘，組長開始吩咐工作，一批人負責嵌貼口罩橫放的鼻貼，用以放在鼻樑承託口罩，一批人操作機械，在打板上套上口罩讓機器打上口罩掛繩，而一些人則去包裝部……。

在組長分配工作時，辛木趁機觀察一下廠房的環境，驟眼望去，廠房還算大，估計有三四千呎，未計有玻璃分隔的部份，因有門板隔開，不知內裡有多大，廠房新淨，應是重新裝修過，但並不高檔，仍予人感到有舊式工廠的味道，最遠處安裝了數排機器，中間安放滿半製成品，而左前方則放了兩排機器，相信是用於打上口罩掛繩，以及裁剪口罩布料的機器了。

另外，還有一整排略呈殘舊的機器，相信是由舊廠搬遷過來，暫時閒置未用。

廠房另一面則坐滿了工人，正等待安排工作，員工中以女性較多，各年齡層都有，但以中年婦女為主，男性以中年為主。

(二)認識不同生產工序

「阿 Zoe，你帶這幾位同事負責裝嵌鼻貼呀，大家要加快速度呀，否則趕不上打口罩掛繩工序呀，希望今早盡量完成這批貨，拜託了。」阿 Zoe 隨即應道：「好」。

之後大家各自找來生產工具，圍在一起，開始工作起來，工作的工序簡單，只需幾個動作便可完成，但工作講求細心，以及用力程度，若工作馬虎，產品不合格便要重做，這是組長不容許的。

做了一會，組長便過來進行抽樣檢查，並發現有些不合格，這名女組長嚴肅地說：「你們看著並跟隨，中間那位置便能準確地確定，口罩用起來便能恰到好處，大家明白嗎？」

阿 Zoe 向辛木遞眼色，暗示他不要反駁，她之前從其它組員中得知並明瞭這位女組長的性格，工作一向認真，她說了一沒有人敢說二，連工場主管也讓她三分。她管理工作嚴格是出了名的，廠內各人都忌憚她。而事實上，老闆賞識她也確是有其原因，因她工作認真，交落的工作總能按時及準確地完成，作為老闆，最想請的當然是這類員工啦！

原來 Zoe 在來新廠前，已在舊廠做了一段時間，知道公司的情況較多，辛木對於 Zoe 的關照都感到高興，他認為能夠認識 Zoe 是他遇上了貴人。圍在一起工作的 5 至 6 人，都有說有笑地工作著，看來頗稱心，但組長並不高興，經常叮囑他們要專心趕工，不要隨便閒談以免影響工作，但他們好像沒聽見，很快又故態復萌。

以往，工業初起時，工廠女工是很受廠方歡迎的，因女性工作細心、有耐性，加上又勤力，所以不少老闆都容許她們工作時閑談，有些還安裝收音機，讓員工一邊工作一邊聽著電台廣播，不過，現代社會講求工作效率，工作交談已不容許或不鼓勵，當然，工作需要則例外。

幸好，人多手腳快，趕在午飯前，已全部完成，大家都有默契地分批去廁所，以準備出外午膳。公司規定，午膳時間為四十五分鐘，當中包括出入時更換防護裝束。由於這項規定，大家都很緊張，恐遲到回廠被罰。向來講求辛苦搵來自在食的辛木，對於午飯時間只有四十五分鐘，還要包括出入要換衣服，真的感到不太高興，無奈受人二分四，只有不快地接受。

突然間，辛木的左手肘被碰了一下，原來 Zoe 在他耳邊細聲催促說：「快點出去排隊，不然會排在很後的位置，不夠時間午飯了。」辛木立即醒悟過來，邊望邊向門口靠近，當他去到時，已有 3 至 4 名同事排著隊，他於是排在其後，而此時 Zoe 也趕到。

Zoe 問辛木去那裡吃午飯，辛木也不知，他們兩人也是首次到新廠上班，對周圍環境不熟悉，但辛木突然想起剛才有同事提到可到附近的一座工廈的二樓餐廳，是在一著名速遞公司樓上，辛木記得早上來找工廠時，曾在工廠前一點見過該速遞公司，故提議一試，果然步行不久便找到了，於是匆匆吃過趕回工廠，沒有遲到。

午飯時間，由於時間緊逼，與 Zoe 交談不多，她的談速頗快，一問即答，反映人聰明爽直，年紀與辛木相若，約五十多歲，應到女性退休年紀，而男性則要六十歲才可退休。

Zoe 身材略胖，但不太顯臃腫，步速輕快，與辛木齊肩而行，辛木記得一日收工後，Zoe 為趕上最新一班車，急速地趕往車站，最後還真的被她趕上了。可見她說話與做人應不會拖泥帶水，說一不二，辛木喜歡與這種人交朋友。

午後工作了一會後，即被組長叫到另一組工作，負責把口罩安放上機器的固定位置，讓機器打上口罩掛繩，工序簡單，但要留意機器運轉，以免傷及手部，同時，亦應盡量避免因此引致機器停頓，因機器停頓會減慢生產的進度，辛木覺得這家工廠真的十分強調進度及效率，反映在市場出現良好機遇時，管理層或投資者真的懂得把握獲利的機會，正所謂「蘇州過後無艇搭」，大家都十分明白這個道理，都想在疫情還未過去時抓緊賺錢的好機會。

有時，工人不小心把機器弄停了，組長會嚴肅地申斥員工，叫他們要打醒十二分精神，要聚精會神工作，員工聽了之後，大多面面相覷，不敢吭聲，即使機器停與他們無關，也只能忍氣吞聲，畢竟現下打工仔處於劣勢。

近兩年來，受疫情影響，不少公司被迫結業，主要衝擊的行業如旅遊、航空、餐飲等，不少人都因此失去了工作。

除了失去工作，疫情期間不少學生要留家上網課，員工在家工作，護老中心的老人及員工外出也要做好防護措施等，都令整個社會好像陷入停擺狀能，能夠有工作且每天要戴著口罩冒著風險上班，一想到這裡，大家對各種不滿的埋怨也自然減少了。

願望歸願望，生產中出錯的機會還是會有的，幸好工作最後仍能完成，離下班時間不遠時，剛好轉回嵌貼鼻貼的工序，換言之，對於能準時下班的信心大，因此工序屬獨立工序，可隨時放下，翌日再進行，但由機器打上口罩掛繩的工序乃由一組四人完成，不能因你一人而停止工作。

放工時，又再出現午飯時互相爭先排隊離開時的場面，亦由於有過中午的經驗，這次所需時間較快，辛木與Zoe很快便離開工廈，怱怱的趕往坐上最快的一班車，Zoe催促著辛木：「喂，快點呀，車快到了。」

Zoe能事先知道車的班次時間，主要靠現代科技的幫助，因巴士公司定製好一項應用程式，只要事前在手機上安裝好，可隨時打開查看各巴士路綫的開行時間以及各站點的停靠時間，十分好用，於是，辛木要求她教他安裝該程式。

「好，辛木，等一會坐下後我教你安裝，我們坐巴士的低層吧，我不喜歡坐高層，樓上太搖擺了。」辛木點頭同意，因辛木平日也是喜歡坐低層，尤其是靠近落車的門口，方便落車。

Zoe一坐定，便說個不停，好像剛從監護中心出來一樣，忘了剛才曾答應教他安裝手機程式的諾言，她說：「趕上這班車，會很快回到家，因這時馬路還通未出現擠塞，巴士過大老山隧道後已保證不會擠塞，回家在望了。」

辛木待 Zoe 說完後，便重提教他安裝手機程式的事，Zoe 顯得不好意思地立即醒悟過來。

Zoe：「辛木，很易的，你把手機拿出來，上網找尋巴士公司的網址，在網頁上便會找到該程式，然後下載便可以使用了。」辛木依他的方法，真得很快完成，反映辛木還未致於很老，接受新事物還是可以並且很快的。

Zoe 和辛木相處投契亦因他們住同一區，沙田馬鞍山，Zoe 說：「辛木，你住馬鞍山那裡呀？我住欣泰苑，由它建成時我已搬入了，一晃眼已二十多年，時間過得很快。」

馬鞍山是緊跟沙田而發展起來，在未開發前，是沒有陸路通的，只能坐船，公眾人士可以在沙田馬料水乘坐渡輪前往，船程很短，肉眼都可以看到對岸，當時人口很少，裡面設有烏溪沙青年營，向社會公眾團體開放，可以過夜的。

突然 Zoe 把話題轉回公司，她說：「剛才很危險呢？在收工時幾個同事跟著你，想一窩蜂上擠在你前面，幸好

被我發現，趕在他們之前跟著你，不然，還會有其它人加入，想早點收工就難了。」

Zoe 繼續對辛木說：「你在公司除了要留意組長 Sally 外，還要留意廠房主管，即廠長 Eva，她是老闆娘，為人精明，處事果斷，有員工經常發現生產中產品有不合規格時，當諮詢過組長說產品不可再用時，該員工還是很猶疑，不敢把產品掉去，要再問廠長 Eva，而 Eva 多數說產品沒問題，可繼續生產，不過，她有時還是點頭同意，以免讓人感到她與組長意見相阻。」

不久，巴士已駛過大老山隧道，但 Zoe 還在說：「在舊廠時，生產標準並不太理想，除了因為廠房舊外，亦因機器漸舊了，而公司若想爭取更多訂單，搬廠是其中的方法之一。」辛木插口說：「新工廠總比老舊廠房好，除了工作環境應該有改善外，最重要是機器換新的，這樣會比較安全，我們打工的只是單純地想搵兩餐，並不想因工作而發生工業意外，我真的不想因工作引致手腳傷殘呢。」Zoe 也點頭表示同意。

Zoe 說：「社會進步，對產品的品質要求提高，尤其是與健康有關的產品，消費者都十分關注，若廠房能達到國際標準化組織(簡稱 ISO)發出的證明，買家落訂單時也較放心，而據悉公司的廠房也成功取得了 ISO 發出的合格證明。」

Zoe 繼續補充說：「這消息是我聽來的，有較早搬來新廠的同事，曾說見過不少陌生人進入公司，拿著資料對著公司的機器在檢查，又對廠房各處進行檢查，同時還進入包裝車間，但不知檢查甚麼？」Zoe 又補充說：「據講除了工作環境、生產設備及衛生設施等要符合要求外，員工對工作的接受能力也會考慮的，我想這些標準也確有點嚴格。

轉眼間，巴士已到車站，Zoe 和辛木匆匆說再見便下車了，辛木望著她的背影，感到一點不捨，再望向車外，太陽正徐徐落下，留下一片片絢麗多彩的晚霞，令人目眩，也令人感到一絲溫暖之餘，亦期待明天的到來。

辛木還未到站，可能今早起身有點早，加上是在休息一段時間後再上班，所以有點眼瞓，不一會便在車上睡著，幸好他一向知醒，並沒有錯過落車，一醒來便剛好到站，他匆匆地跟在落車的人群後面，一大步地跳下車廂。

辛木踏進家裡不久，辛木太太彩麗便追著問他：「老公，今天上班開心嗎？公司有免費口罩送嗎？」

辛木微笑地說：「還可以，但樣樣都匆忙，忙著換防護衣、忙著排隊出去食午餐，忙著落班趕巴士，總之樣樣趕，這就是我的新工作，也是香港一貫的特色，樣樣趕。」

他繼續說：「公司十分著重效率及利潤，那會隨便送出口罩呢，你還是自己用錢買吧。」

彩麗無奈地回應：「唉，還以為你入了口罩廠工作可以有免費口罩用，怎知還是要自己買，你知道口罩賣得不便宜嗎，現時每日都要用，一個月的用量不少啊，以後真的要少用些了，兩三天才用一個好了。」

辛木聽了也無奈地說：「以現時香港人用口罩的速度，口罩廠所生產的口罩根本不夠用，以我的公司來說，是二十四小時不停生產，連吃飯時間也不夠一小時，可見市場需求有幾大，因為工廠是因應收到幾多訂單才生產幾多產品呢！」

辛木繼續說：「口罩本身用途也廣泛，並非單單供應予市民防疫，不少機構如老人院舍、醫院的醫生護士保潔員工，以及機場出入境人士等，平時都用不少的，市場需求很大。不過，作為口罩廠員工，我都想公司可以向員工免費派發口罩或以優惠價向員工銷售，這樣員工也是感開心的，多少反映公司關心員工。」

辛木肚子已有點餓，他中午在工廠忽忙間只吃了一點東西，「老婆，晚飯煮好未呀？我有點餓了。」

彩麗正一邊端菜一邊又與辛木閒聊起來：「現時口罩賣價這樣貴，不正是因為市場需求大嗎？其實以口罩的生產成本來說怎可以賣得這樣貴，企業的利潤真的很高，送點給員工也不為過啦！你說是嗎？」

辛木點頭表示同意，本不想再解釋，但心裡又確實有些話想吐出來，他說：「目前個個都想開口罩廠，雖然生產工序不難，但並不容易，主要因為市場訂購機器困難，口罩用的材質也難買呀，內地來貨不多，因他們也要先供應內地市場，而且口罩還要有認證才容易被市場接受呢！可說少一樣也無法成功生產一個口罩。」

彩麗坐在飯桌椅上吸吸嘴望一望辛木說：「吃飯吧，忘了口罩吧，你能夠到口罩廠工作也算是好運了，很多人都因疫情失業了，口罩廠目前還是一項有前途的職業，我們見步行步吧。」

辛木家庭環境向來不錯，他們結婚後，兩夫婦也上班，直至兩年後兒子出世後，辛木太太彩麗才休息了一段短時間，之後她把小孩交托了當時失業在家的弟婦幫忙照顧，自已則繼續上班，這情況維持了約一年，之後弟婦找到了新工作，於是彩麗便聘請了一名保母全職照顧兒子，到了讀小學時，便選了一家離家不遠的學校，讓兒

子每天單獨上學，放學後即前往附近的補習中心做功課及溫書，待彩麗晚上收工後去接他回家，就這樣渡過最關鍵的時期，也因擔心經濟能力，即使在家中老人再催促下，夫婦倆也最終決定不再生第二個小孩。

彩麗從事會計工作，數口精明，平日兒子的數學都是由她指導，加上夫婦平日都有意培養他學好數學，在日常生活中加入與數學有關的活動，例如外出晚飯埋單時，都會叫兒子先行計好銀碼然後叫他出去埋單，看看結果如何，而兒子每次都不讓他們失望，多數計得準確，漸漸地，兒子對數學的興趣也有增無減，在校成績一向理想，課餘還去上奧數加強對數學的訓練。

家中有賢內助，辛木當然可以專心工作，在公司的職位也一步步上升，薪酬亦隨之增加，原以為會一直好景，然不知市場轉變快，公司經營轉為困難，經多次裁員後，辛木最終也成為另一批被裁掉的員工，在多番尋覓下，暫時找到口罩廠的工作，真的只能是見步行步了。

“疫情期間，除了要注射預防疫苗外，還要做核酸檢測，若你不幸在檢測後確診，便要進行隔離，有人在家居家隔離，有人被送去政府的隔離中心，這些隔離中心部分設在酒店，部分是設在臨時新建的隔離中心，初期由於服務或設施跟不上，政府接到不少投訴，之後才慢慢好轉，這些日子，市民聞檢測色變呢，因恐確診要停工停學，生計不保。”

(三) 員工管理鬆懈　風暴前夕

翌日，大家都準時趕回工廠，今日繼續有新人上工，由於人手多了，辛木和 Zoe 被分配到包裝間工作，另外亦因為聽組長說，之前一晚(夜間同事完成)有一批貨不合格，但早上要趕著出貨，因此，需要調動更多人手，在出貨前務必完成，否則被高層發現，就會被嚴重責罰了。起初大家聽了，臉部顯得一點不高興，像不滿夜間同事工作做得不好的責任卻要由他們承擔。

組長很快發現同事的不悅，臉也拉長地訓斥起來：「工作有錯漏是難免的，難道你們敢保證，日後你們也不會犯錯嗎?所以，大家是同事，請不要埋怨，把工作重新做好才對。」各人聽完組長的訓斥之後，也認同其說法，都願意接受工作安排。不過，由於各人平日未合作過，加上包裝部地方又不大，貨物及紙箱堆滿，可騰出的空間不多，各人只能擁擠地埋首工作。

各人分成多組，有人重新拆除原有包裝袋，改正錯的地方，再重新貼上正確的標籤，然後再裝上新袋。之後另一組人則數件，把一定數量摺疊成一綑，完成後，再交由其它組入箱出貨。

這早辛木精神有點恍惚，組長所說的話他很多聽不進去，幸好跟著 Zoe，不致出錯，但他去廁所時，還是出了點差錯。因為根據公司的規定，去廁所時要把外袍除下，掛在遠離廁所外的櫃內，目的是防止外袍受到不潔物所污染。

但辛木卻忽忽地走入廁格內，解事後正當離開時，卻遇上貌似高層人員訓斥，指外袍不可穿上進入廁所，他聲調比較嚴厲，辛木一時呆著不知如何回應，只好急步離開。

回到工作間時，辛木驚魂仍未定，問 Zoe 他會被受罰嗎，Zoe 不懂回答便聳一聳肩算回應了辛木的問題。令辛木整個下午忐忑不安。

好不容易等到午飯時候，今次 Zoe 朋友 GG 也想加入，大家商量後，決定去光顧中式粉麵店，由於正值周日，店內人客不多，他們選了靠近門口的座位坐下，以避免裡面較差的空氣。

大家叫過食物後，GG 先旨聲明，一會除下口罩吃東西時，她不會再說話，直至吃完後再戴上口罩後。辛木和 Zoe 聽後都心領神會。這波疫情一直不願離去，街上食店及公園等公眾地方，人們一刻也不忘戴著口罩防疫，和同事或朋友吃飯都匆匆完事，惟恐在這短暫除口罩的過程中會受到感染，人們無時無刻生活在惶恐中，無論是家庭或社會，都被這陰霾影響著心情和生活，都不知何時會結束。

吃完後，大家閒聊了一會，GG 提到公司人事，她聽說由於近期不少新人加入，令公司的紀律有所鬆懈，管理層可能會加強管控或懲罰，要大家當心，尤其工作時少說話，她又聽說大老板這兩天可能會來巡廠，叫大家事事小心，辛木聽了剛才還有一絲笑意的臉容頓時收斂下來，Zoe 則變化不大。

回到廠里，辛木與 Zoe 再次被分配到裝嵌鼻貼的工序，這是她們最高興的工序，組內約有六至七人，坐在辛木左手邊的皆女性，年齡比辛木細，但從僅露出的額頭觀察，年紀應不細，應有四十多歲，應算是中年婦女了，這群人一般都是已婚人士，家中有小孩，出來工作有些是做兼職，少數是全職，都希望幫補家計。

整個下午她們都在一邊工作一邊談話，雖然中間組長曾警告過她們，但似乎作用不大，或者她們的靈敏度不夠，仍未嗅到風暴即將來臨，辛木本想提醒她們，但又擔心她們誤會，以為他為博取公司的好處，而 Zoe 又叫他不要多事，靜靜地做回自己份內事好了。雖然這不是辛木一向的作風，但既然她們不聽組長的警告，他也不想作無謂的糾纏了。

整個下午，她們主要圍繞著以前工作的情況在不停談論著，其中兩位在加入口罩廠前，皆任職導遊帶著旅客周圍去，既有薪酬又同時兼享旅遊的樂趣。但在新冠疫情影響下，不少行業面對困境，包括旅遊業，失業率嚴重，再找新工作不易，不少人便轉入最當旺的口罩廠工作了。

在這個「恐疫」的特殊年代，無論是上學或上班，都變得很困難，不上學又怕擔誤學業，特別是將要考DSE的那一批學生，正是衝刺的時候，正常時還嫌溫書的時間不夠呢，而不上班難道在家等政府救濟嗎？現實是，失業人士要申請失業救濟金或綜援也是不易的，要交齊文件也要失業了一段時間才可以，等到批出也不知能否等到，一些人平日儲下來的微少積蓄，也捱不到政府的救濟，結果一是向親戚朋友相借又或向財務公司借款，在這個特殊時期，財務公司的生意也旺起來呢。

坐在辛木側的一位說：「未有疫情時，她出團的行程排的滿滿的，一個月下來最少賺數萬元，但疫情後，足足半年無工開，無收入，只靠平日儲下來的一點餘錢渡日，而不久也得到政府的一筆數萬元的行業資助，算是解決了燃眉之急。而坐在她側邊的朋友則為她高興，但自己卻無法展笑容，因她不是正式導遊，無權享受。

盡管如此，她們仍不願停止交談，仍肆無忌憚地談。這兩位前導遊繼續圍繞旅行談個不亦樂乎，其中一位暢談旅遊土耳其的樂趣，當中最懷念花巨資玩熱氣球，是旅遊的主要項目，過程很享受，至今還津津有味呢。辛木心想，難道他們不知土耳其熱氣球近期曾經出事發生人命嗎？為甚麼她們還是談得這樣開心，她們真的一點同情心都沒有嗎？雖然是你們兩人的談資，但周圍不也還坐著你們的同事嗎，你不顧及自己，也要考慮到別人的感受吧。

辛木聽在心裡不是滋味，又說補助又說旅遊，令辛木很難過。辛木也想，自己也剛失業，而且在政府宣布保就業措施前被解僱，想得到政府的救助也欠奉，認為自己真倒楣，若政府早點推保就業措施，他或者未至於被公司解僱，而要淪落到去工廠打工呢。雖然現下算找到份新工，總算解決了收入不繼之苦，但終歸不是辛木意願，只好見日度日了，所謂「馬死落地行」，人一定要學習能屈能伸的處世態度，才能度過人生各個逆境。

而辛木想起以前經歷，亦確實捱過了不少苦楚，不足為外人所道，今次失業，又算得是甚麼，心中向自己打起氣來。

突然間，組長大聲喊道：『你們這四人出來，我一直注意著你們，工作期間，不停談話，而其它同事則在靜心工作，為公平起見，今晚你們要「留堂」，工作到六點半才可收工，明白未。』

各人聽了不敢反駁，齊聲：「啊！」

這就是她們應得的，大家都已不是小孩，工作期間不談話這點規矩也不懂也不去遵守，實在令人費解，連家中小朋友上課時聽從老師指導不說話也做到，而她們真的連家中小孩也不如，這件事之後，她們也終於醒悟過來，從此改過了，以後在工作時都能保持安靜，與她們一起工作的同事也感到欣慰，一來以後工作時會比較清靜舒服，當然，我們這組以後也不會被別組瞧不起。

(四) 工廠突裁員

過了一段時間，平靜的工廠終於翻起風波。

跟平日一樣，辛木準時回到工廠，工人們仍舊三三兩兩聚在一起閒聊，等待高層分配工作，當大家分配完成坐定後不久，組長向各同事宣布一項重要的通知，透露大老板這兩天會到工廠來視察，以迎接重要潛在客戶在決定是否落單前的考察，要求大家這兩天工作時要認真，不可隨便交談，著裝要整齊，以免給客戶挑剔，失去大額訂單。

各人聽後都表現嚴肅，擔心被大老闆見到一些不規矩的行為而掉了飯碗，需知現時找工作不容易，因此，大家聽完後，都認真對待，集中精神工作，連平日一些較為懶散的員工，到了這刻，似乎也像小狗一樣聞到了一些「異味」，都要認真正視，不能總像平日一樣掉以輕心。

平日工作完成等待收工時，各組都要負責自己組的清潔及整齊，需打掃地方清潔，以及將各項生產工具放好才可收工，為恐大老闆這兩天突然到訪，組長特意再提醒大家，清潔方面要更加認真，不可馬夫。他又提醒大家，大老闆身材較壯健，而她又會向大家使眼色，屆時大家見到就明白心照了，無需向大老闆打招呼，專心工作就可以了，除非大老闆主動問你，你才要小心回應。

果然，大老闆第二天早上便來到工廠，由廠房主管及兩名組長陪同巡視廠房，他們先由門口開始，逐個部門走去探訪，當他們來到辛木一組時，辛木獲 Zoe 遞來眼色，提醒辛木小心，不久，大老闆來到他們那組，倚在牆邊望著工廠主管，細細交談，似發現了甚麼，但辛木他們並不能聽清楚，只是埋首工作，扮作不知大老闆到了工廠視察。

大老闆之後進入包裝車間，該部門以板牆隔開，員工不可隨便進出，過了一會，從裡間傳來了數聲較大的麼喝聲，似是大老闆的喊聲，外面很難聽出喊話聲的內容，不過，大家心裡都相信有事情不妥，才引致大老闆大聲呼喝。再過了一會，大老闆離開了，大家知道後，心裡才放下了心頭大石，但大家不知道，「風暴」已來臨。

到了第二天，回來上班的個別同事竊竊私語，聽其中一人說，他的一位朋友早一晚收到公司的通知，說公司取消了給予她的工作更期，叫她翌日早上不用上班，換言之，她理解為她以後不用上班了，即被解雇，而據悉還有另一位同事遭此際遇。該同事並未獲公司給予解釋，她也只好理解為做錯事所致，大老闆檢查廠房當日，她們正在包裝間，當日那裡傳出大老闆的麼喝聲。

有同事被停職的消息很快在廠房內傳開，工廠內工作氣氛突然變得嚴肅起來，大家都沒心機交談，靜靜地工作著，留意著公司會否有公布澄清事件以作穩定軍心。午飯時間，有曾在舊廠工作過的同事說，這行以往經營困難，不易賺錢，大老闆平日都謹言慎行，難得捱到今天，全球發生疫情，口罩成為必需品，銷售大行其道，政府還向廠家發放補助金，希望廠家改善生產設施，增加產量，一些經營困難的廠家，簡直如獲甘露，時來運到，把握大賺錢的機會，對於阻礙他們獲利的地方，自然要移除。

向來消息靈通的 Zoe 在午飯時靜靜地向辛木及 GG 說：「我已經打電話問過組長 Sally 了，我說了很久她才答應告訴我裁走兩名同事的情況，她要我保密不能告知其他人知道，所以你們聽了之後也要守秘密，不要向外說。」

GG 急不及待地不等 Zoe 說完便追問：「是那兩位同事哟，又是甚麼原因呀？」

Zoe 被 GG 追得差點說錯，她說：「是同一組的同事，具體姓名我不講了，是兩位女同事，據講是因為這兩位同事工作時經常交談，在檢查產品時出現疏忽，混雜了一些次品，當天大老闆巡查時隨便拿起一兩個口罩來看時，無意發現了其中的次品，他當即發火麼喝，並叫組長查找原因，結果就出現這次裁員情況，也算這兩位同事倒楣了，不早不遲，偏給大老闆看到次貨。」

Zoe 續說：「所以我經常提點你們，工作時少交談為好，以免出現錯漏，給人找著把柄，到時真的就百口莫辯了。」

一直聽得入神的辛木，好像在聽偵探故事，聽得十分入神且顯出有點焦慮，口中喃喃自語地細聲說：「今次這件事後未知是否已過去，希望不再有裁員就好了。」

Zoe 看出辛木的擔心並安慰他：「聽組長說，大老闆只對組長所提交的兩名同事採取行動，其它同事不涉其中，但曾警告若日後再發現同類事件，將會整個組的組員也會被裁掉。」

辛木和 GG 聽後互望了一眼，各自都聳了一聳肩膀表示有點怕。

辛木帶著一天疲憊的身軀及心靈恍慟的心思回到家裡，入門後辛木太太彩麗，已感到辛木有點不對勁，於是直接問他：「公司有事嗎？為何臉色有點難看呢？」辛木反應遲緩地回應說：「之前不是和你說過嗎，公司大老闆可能會到工廠巡察，或有異變，果然，視察後僅一日，便有兩名員工變相被解聘了，幸好沒有我份，真是上天保祐了！」

彩麗聽後問他：「工廠方面有講甚麼原因解聘嗎？」辛木說：「無講，大家都在估估下，後同事 Zoe 致電組長確認了，是涉及兩名員工在從事檢查口罩產品質量工序時，把有問題的口罩和好的口罩一齊放入膠袋內，正好遇上正在「打仗」希望藉此翻新的大老闆，看在眼裡自然不高興，當場發怒罵人，還要徹查，這兩位涉事同事最後也只好被裁掉了。」

正當辛木想去廁所時，彩麗追著問道：「我有位同學知你入了口罩廠工作，想托我問你，他兒子想做暑期工，不知能否幫她介紹入去。」辛木聽後輕輕點頭，表示回公司問過後才知。翌日組長回覆辛木時，初段都說無問題，惟其後聽說彩麗的朋友乃居於近期爆發新冠疫情嚴重的社區，最後還是拒絕了。

在新冠疫情下，人們每聽到誰人染上了，那個地區最嚴重或已淪陷，大家聽後都盡量少接觸這些人，或避免前往這些地區，當疫情持續蔓延時，個別地區一到晚上，有時甚至是午間都如像死城，整條街道空空的，真的從未見過這種冷清情況，大家坐巴士也盡量選擇車上少人時才上車，在工作的地方，當然也要做好隔離措施。

大老闆來過後，就輪到公司客戶了，翌日，一行數人來到公司，與大老闆來公司檢查時一樣，也是逐個項目進行檢查，尤其在檢查裁剪口罩布料的機器以及口罩布料的質量時，額外細心，在那裡站了很久，而陪同的同事亦細心地向他們講解，令他們順服。生產口罩，布料的質量很重要，因直接影響到口罩的防疫能力，一般質量佳，都是選用較佳的布料生產。當然，會有少量廠家，為追逐更大利潤，而選用一些較為遜色的布料。另一方面，口罩廠如雨後春筍般湧現，對相關布料需求大，有些未能採購到適合布料的廠家，則冒險以次充好。

幸好，在市場需求緊張下，少數的市民對產品質量的要求還是沒有那麼高，結果就給予了這些廠家賺快錢的機會，但是，今次幾十年來難得一見的大疫情，為本港廠家提供發展的良好機會，所以，作為關心香港未來工業發展，有關廠家最好還是做好本份，拓展商機，看看能否把部分在中國的業務搬回香港，重新振作香港過往興旺的製造業。

回歸正傳。公司大部分員工都會去不同部門輪流工作，但裁剪口罩布料的部門就不會有這樣的安排，只有少量員工負責，由此反映公司對這個部門的重視。

客戶完成對公司的「體檢」後，據悉真的向公司落了大訂單，高層十分高興，據悉訂單金額是公司成立以來最大的，未來一段日子也不愁無工開了。對辛木來説，公司能夠做好發展前景一日好過一日，他當然樂意見到，但在他心裡，香港經濟仍欠佳，很多行業蕭條，大老闆賺到錢，也不代表他不會裁員，辛木知道做錯事便是被裁原因之一，而口罩生意，現時看似十分好景，如朝陽行業，但又有誰會知，明日會突然息微呢，這不是痴人説夢話，現今社會變化很大也很快的，在香港也生活了幾十年，難道這點道理到今天還不知嗎？所以，對辛木來説，無論好景或逆景，在他心裡，他都早有心裡準備，以免到時來個措手不及。

回到家裡的 Zoe，中午已急不及待把公司取得大訂單的消息打電話告訴他老公，當晚他老公特意加了點餸為她慶祝。Zoe 向他老公説：「這雖然是好消息，但只是老闆賺錢，跟我們員工有甚麼關係。」

Zoe 老公聽了不同意，他説：「你公司好賺到錢，説不定會加你地人工呢！那不是頂好的嗎？」

Zoe 努努嘴回應説：「那有這樣好，你真的不知，老闆多年來都無賺錢，一直艱苦經營，難得遇上十年的好事讓他可以翻新，他怎會隨便將利潤同員工分享呀，他不裁員我們已經心滿意足了，你還是不要有太高的期望，好了，我餓了吃飯吧。」

Zoe 老公聽完後，也無奈地點點頭，顯然是同意太太的分析。

“ 一場疫情令口罩成為日常必需品，令人意想不到，各廠家紛紛大舉生產，並富有設計精神地生產出各種各樣的口罩，顏色多樣，款式新穎，不再限於白色或淺藍色，紅橙黃綠青藍紫基本上都有，也有很多可愛的圖案，防疫之餘，還可美化裝束，難怪市民逐漸受落，有人每日都花心思去決定要戴那一種口罩上街呢！ **”**

(五) 市場競爭大需尋變

一天，辛木回到公司時，感到氣氛有點不對勁，公司左面臨近大馬路的會議室，燈火通明，人員進出頻繁，大枱上放了一些文件及飲料，不久，多位身穿整齊西服及亮麗女性套裝的人員由廠門口步入，左顧右盼地向著會議室走去，約等了一會便把大門關上。

第一個開口的是大老闆，他迅捷地表示會議正式開始，並由他發言：「大家應該看過內部通信了，今天召集大家是想聽下各人的意見，因近期公司的口罩的銷售額出現下跌，想找出原因及應對的方法，先由銷售部作簡要說明吧。」

銷售部主管姓王的，年紀約四十多歲，樣子看上去頗精明，她拿著指示燈向著掛在牆上的白色瑩幕作報告，表示自本年五月起，口罩的銷售額已連續錄得三個月的下跌，據銷售部同事回饋的信息是與市場競爭增大有關，他們說供應商近日不斷增加，他們負責的門店以往向他們提供貨源只有三數間，但近期逐步增加，他們以較低的售價銷售，減少向他們入貨，表明除非他們也減價才會考慮採購以往的數量。

大老闆待她說完便插話說：「我們也跟著減價應對才可以。」

王姓銷售主管回答大老闆的指示，她說：「減價只是其中一個原因，採購方又指我們的產品單一，設計無新意，不及其它廠家，銷售被其它設計較佳的品牌搶去不少，他們希望我們廠也改進產品的設計。」

王姓銷售主管續說：「採購方說得也不是沒有道理，他們叫我們公司的負責同事看看其它公司產品的設計，確實優勝，產品不但品種多且真的很美，已經超出了口罩的單一功能，還具備美化裝飾的作用。」

她說：「有同事帶回來其它公司的一些設計作參考，在顏色方面，達到十多種，除了傳統的黑白灰外，還有藍、淺紅、淡綠，甚至有淡粉杏和銀河灰，這些我們以前都未見過的。」

「在口罩面上的設計也十分出色，不再是淨色了，有卡通公仔、昆蟲、小動物、花卉及水果圖案等款色，看來我們也要跟上了。」

大老闆聽後向著設計部門的同事說：「是要跟上別人的設計，還要有自己的創新設計，設計部要加快工作，趕在下月出貨的一批產品中更換新設計。」

設計的同事迅即應諾：「好，我們會抓緊時間完成。」

會議臨結束時，有同事爆出同行抄襲甚或侵佔知識產權的情況，要求公司要跟進，若不加以阻止，擔心公司銷售最佳的產品，在消費者不知情的情況下，會慢慢地被侵蝕，損害公司的核心產品，會危及公司的生存。

大老闆聽了之後，即吩咐相關同事跟進，他說：「Eva，你盡快找人幫你同公司的法律顧問聯繫，將情況告知他們，叫他們跟進，要進快解決，可以發律師信的就發法律師信，律師行要求我們如何配合，我們要配合，務求盡快制止抄襲。」

Eva 隨即回應，她說會安排人員去做，這是關乎公司存亡，不能掉以輕心，並叫她老公放心，處理好後會盡快通知他及公司高層的。

大老闆之後追問生產部及物資採購部的負責人：「你們的部門可以應付嗎？」

兩部門負責人都異口同聲地表示要去了解一下，一個說：「要購入印花機器，我會盡快解決。」另一個也說要探詢一下所設計圖案的材質是否可以順利採購。

會議怱怱開完，各人離開時都面帶疑惑，畢竟大老闆要求要盡快交出成績，若做得不好，工作可能難保！辛木看著這些西裝革履的光鮮著裝的高層離去，也感到公司應該有改變了。

（六）查出偷賣設計圖

高層會議後，Eva 迅即採取行動，她找來設計部的主管----阿明幫手，兩人開了一次秘密會議，會上阿明找到突破口，他有朋友在懷欵抄襲該公司產品的公司裡工作，他打算找他出來談談此事。Eva 聽後覺得這途徑可行。

過了約一周，阿明主動去找 Eva，他輕輕地在 Eva 的房門敲了兩下，Eva 用手揮揮叫他入去及坐下，她急不及待地叫阿明關門及詢問他進展如何，阿明喜形於式地對 Eva 說：「我們找我的朋友是對的，他在他的公司靜靜地查了一下，發現有些產品設計圖並非該公司的，圖紙上無設計師的署名，於是他查了一下，有同事向他表露了有些設計圖是買自我們公司的，可以說是偷我們的設計圖。」

Eva 聽後感愕然，竟有公司同事夠膽做這種違法的事，她隨即又問阿明：「是你部門中人吧？查到是那一位嗎？」

阿明回應說：「我已經查到是誰做的，但目前我不想揭露他，我想等他下次交易時，派人跟蹤他，到時捉個人贓並獲，你說這樣好嗎？」

Eva 聽後考慮了一陣，最後表示贊同，但吩咐阿明行動要小心，負責跟蹤的同事不能太冒險，到時最好多派人遠遠地協助他，例如拍照及現場錄音等，務求將這名犯事的衰人繩之以法。

機會終於出現，阿明為了查明此事，專門設計了一種新產品，又假意放出風聲說這款產品是經過多方資料搜集，以及經過多個月設計才完成，有信心可以大賣，消息放出去後，這名隱藏身份偷取公司設計的員工終於有所行動。

就在一個平日收工後的日子，公司跟蹤人員發現該名出賣設計圖的公司同事回家的路與平日不同，相信是約了接收設計圖的人，於是一直跟著他直至到達一家西餐廳，入座後他們談了一會，該名公司員工從背包取出一份公文袋，並從裡抽出一疊紙，坐在該員工附近的跟蹤人員，立即用手機拍下這一刻，同時他之前也一直開著手機錄音功能，錄下他們交談的內容。

跟蹤人員一眼便看出是公司的設計圖，於是上前交涉，要他交待詳情，但他不肯，事件僵持了一會，最後在跟蹤人員說出會把今日的資料交給商罪科時，這名偷盜員工才倖倖然地簡單交待了情況，原來這種情況已持續了半年，共售出了三個設計圖，都是些設計出色的產品，不計今次，他一共收了十萬元。

當 Eva 及大老闆知道事情已水落石出時，也感到驚奇這件事可以這樣快解決，並通過這件事，他們決定加強對公司產品的知識產權的保護，決定設立保密制度，也向員工通告知不能向外洩露公司的消息。

由於 Eva 及阿明都屬公司高層，今次事件雖然辦得很出色，但公司並沒有給予他們特別的物質獎勵，但發通告加以表揚而已，並希望各員工向他們學習，繼續做好自己的工作。

（七）與口罩廠説再見了

當辛木以為兩名員工被開除後事件應該告一段落，而公司也落實了新的產品設計，並順利地投入生產，同時找出了偷賣公司設計圖的害群之馬，都應該可以放心工作下去，怎料到今次落在自己頭上，要與口罩廠説再見了。

同樣地，一晚，正當辛木準備上床休息以迎接翌日的工作時，床頭手機突然叮了一聲，辛木隨手拿起手機來看，發現平日接收公司工作安排的 WhatsApp，傳來一段簡短信息，信息説：「公司已停止給你作出的工作安排，有問題可 WhatsApp 查詢。」

短短的兩句，對辛木造成很大的衝擊，令他一時無法反應過來，腦裡胡思亂想，不停地問自己，為何會這樣，這份工他於見工後足足等了三個月，才毫不容易地等到開工的日子，但估不到，開了這樣短時間就沒了，怎不令他難過。若知如此，他就不會浪費時間等下去，而去找其它工作了。

呆了一會後，辛木 WhatsApp 對方，查詢再確定翌日不用再上班、以後不用再上班以及停工的原因，一會對方只回覆了簡短的一句話：「你以後不用再上班。」箇中原因則始終不講。

辛木整晚輾轉反側無法入睡，本想找 Zoe 及 GG 打聽一下，無奈從認識以來，在午飯時都甚急趕而一直忘卻向她們拿手提電話號碼，令他此時無法找她們，也令他十分苦惱。一整晚，辛木努力找尋自己被停工的可能原因，莫非大老闆巡廠時發現他偷懶、又或者自己穿著外袍上廁所違規一事上告大老闆令他不滿？還是另有原因呢？

為了找出原因，辛木決定翌日早上按平日上班時間，到工廠去問個究竟。

他很早就趕到了工廠，連早餐也不吃，但去到時，門口鎖上無法入內，等到有員工上班時才靜靜地跟著他們一併入廠，惟只走了一半路程便受阻，便被趕了出來，無奈之下，他只好守在門口，等 Zoe 或 GG 的出現，等了大約十五分鐘，他才見到了 GG，於是暗中向她招手，叫她暫不要入廠，到後樓梯談談，GG 見辛木鬼祟樣子，便順著他的手走向後樓梯。

「GG 快點。」辛木催促著，他把口靠近 GG 細聲地向她說：「我被公司停職了，以後不可以上班了，但公司又

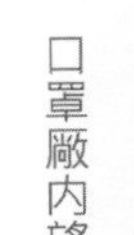

不給我講原因，昨晚原本想找你或 Zoe 打聽下，但又無你們的手提電話或 WhatsApp，惟有今早一早來找你們。」

GG 聽了也感愕然，一時答不上話來，然後才向辛木說：「我在廠內幫你打聽一下你停職的消息吧，另外，你把手提電話號碼給我，一有消息我會 WhatsApp 你，另我又把你的手提電話號碼再轉給 Zoe，叫她打電話給你。」

此時，GG 看了一下手表，離開廠房關門口的時間不遠了，便向辛木說再見，並叫他等她們的消息。

中午時段，Zoe 和 GG 都沒致電給他，辛木想可能是午飯時間太趕，不夠時間打電話給他，他只好等晚上放工後了。果然，到了傍晚六點多鐘，辛木的手機響起，「喂，是辛木嗎？」辛木一聽知道對方是 Zoe，她一口氣地說：「我回到公司，GG 走到我旁邊，細聲地向我說你被公司停了職的消息才知道這事，你不要難過，我們會幫你查找原因的，但暫時查不到，因接近高層的而我們相熟的一名組長今日休息。」

Zoe 跟著續說：「你急於再找新工作嗎？若急，我可以幫你問我一位在其它口罩廠工作的朋友，早前她曾找我叫我轉工，當時我叫她等等，讓她再考慮一下。」

辛木聽了 Zoe 的說話，雖然還未得到答案，但還是感到很欣慰，並對 Zoe 說：「我並不急於再找新的工作，多謝你了，等再過一段日子心情平復後，到時再找你幫手，再次說聲多謝。」

辛木收綫後，在梳化上呆坐，腦海裡一片空白，如船在大海失航，在海中搖擺，沒有了方向，不知駛向何方？這種迷茫若有所失的日子，說真的，辛木真的從未遇上，即使在他最艱難的時候——九八年金融風暴，他也停了工，但當時年輕，他相信再找新工作不難，但今日不同了，他的年紀大了，社會整體經濟也較當年更差，失業率高，要再找工作不是件容易的事。一時間，辛木對前途感到灰暗。

而最困擾辛木的是，以往工作若被公司開除，多數都會給出原因，例如公司經營困難、公司改革、或公司結業等，這樣你走時都多少知道原因，心裡也舒服點，但今次自己被免職，由頭至尾都不知「死因」，這會令人很困擾的，是自己工作欠佳嗎？是自己冒犯了公司的規條嗎？辛木覺得這些公司都應該向員工道明的，最起碼可以警醒被炒員工日後工作時可以留意不要再犯，這樣對被炒員工才公平，而被炒員工他日後還是要找工作的，日後若新老闆請他問起他被炒時的原因時，他也答不上，這確是一件令人難堪的事。

“香港人想玩的心幾時都有，新冠疫情期間也不能例外，不能出外就留港想方設法散心，去酒店住下就算是出國旅遊了，在酒店甚麼也不做，食下自助早餐、去健身房做下運動，去酒店平台的泳池游水，健康之餘，也能消除工作帶來的疲勞，緩和因疫情引起的煩擾，亦能增進親情友情………”

（八）賦閒在家

辛木被公司開除後，雖然都想另找一份新工作，但他明白到，在這個疫情下，要找份好工或者一份工並不易，所以他也不心急，先調整一下生活節奏，早上稍為延遲起床時間。之前因為要上班，每天都很早起身趕吃早餐及乘車上班。

大約九點，辛木慵懶地起床，太太彩麗見他還未醒便對他說：「反正不用上班，不如多睡一會吧，今天也沒有特別事。」

辛木喉嚨有點沙啞地回應說：「不用上班，也不能睡得太遲起身，萬一養懶了身就麻煩了，以後要再上班便更辛苦了。」

彩麗聽後也覺有理，沒有了工作，日常生活還是要保持正常的作息時間，這樣生物鐘才不會亂，身體健康也不會受到不利的影響。

他們停頓了片刻後，辛木終於開口說，在以前，若遇上公眾假期，或向公司申領假期，都多數會安排時間休息、回鄉探親又或去外國旅遊，但今次有點不同，在家休息可以，要出外根本不可能，回內地未開關，至最近才有少數特殊人士獲批可以回內地，其它人一律免問，去外圍也麻煩，有些國家限制海外人士入境，有些入境後要做核酸檢測，有些要做短期隔離，最少的也要做體溫檢測呢。

在這種受限下，香港人的生活大受影響，過往香港人喜歡旅遊，出外散心，在疫情下幾乎全數打消，但生活仍要維持正常，識變通的香港人自然想方設法去令生活保持一定的活力，結果一些活動變得活躍起來，一些新名詞也真的第一次聽。

香港人選擇郊遊、行山和去離島遊玩，嚴格來說，較以往周末日在商場飲飲食食購物更健康，郊外空氣清新，行山可鍛鍊體魄，對都市人來說實在有益。而且可親近大自然，重新認識我們周邊的自然環境，因為香港郊外真的很美，有些人選擇燒烤，以上這些活動在疫情後還能保持，都算是一項得著。

不能到外國旅遊住酒店，香港人就想出在香港住酒店，各酒店亦乘勢推出優惠搶客，為疫情下酒店慘澹經營發掘一條新財路，香港把這種在香港的酒店短暫居留的形式稱之為「宅度假」(Staycation)，酒店所提供的服務及優惠琳瑯滿目，令人眼花撩亂，但總之總有一款是適合你的，例如若想舉辦生日會慶祝，酒店會為你提供場地佈置、餐飲和免費生日蛋糕，當然，有些人入住酒店只想享受酒店的游泳設施和自助早餐，在酒店內住一段時間，好讓自己好像身處外國度假般的感覺。

由於香港居住環境擠迫，疫情期間要在家中做隔離真的有點困難，同時，減少出街增加逗留在家的時間，因此，不少香港人即趁機搞起裝修來，將居住環境改善，結果把市場的裝修價格推高了不少，加上中港通關受阻，物流不暢，各項材料的供應都出現短缺，令建材價格又被推高，但香港人仍不惜工本把家居裝修得更舒適。

凡此種種，都是疫情期間的一些怪現象，辛木失業在家，雖然經濟有點拮据，但兩夫婦也學人玩起Staycation。辛木對太太說：「我們趁我現時還未找到工作前去學人Staycation，真得可以令身心稍為放鬆，我們好像去了外國度假呢，這次真的要好好休息，趁酒店有泳池，要好好游番夠本呢。」

彩麗爭著回應說：「你最好，懂得及喜歡游泳，可以日日游，可惜我不懂游泳，只能在池邊望著你游，及幫你照看衣物，將來我都想學游泳呢。」

辛木接著説：「不要等將來，若你真的想學，明日開始我就教你如何，很容易的。但彩麗堅持以後才學，她打算聘請師傅教授。辛木聽後只點頭示好。他們的兒子也不懂游泳，且要上班故此並沒參與。

就這樣，辛木在家停留了一段日子，加上又去酒店散心和到郊外遊玩，失業的不良心情也已逐漸消除了，間中都會提到要找新工作了，只是動力還未十分強，只能慢慢來，急也無用。

（九）真相大白

有天，當辛木吃過了午飯，他的手機響起來，他順手按下去聽，一把急速的聲音突然傳過來，辛木未反應過來，對方搶著說：「喂，辛木，我是 Zoe 呀，你想要的答案，我終於幫你找著了，是經過我不斷纏繞，以及請食飯才得到的，你要多謝我呀！」

Zoe 續說：「我的朋友一直都不肯透露，但她始終纏繞不過我，終於說出了答案，答案就是與你以前所從事的職業有關，估不到吧，無冕天使的威力還是令人敬畏的。」

辛木萬萬估不到是這個致命，Zoe 說：「因為我們不是被公司直接聘用，乃透過外聘中介進行，所以初時大老闆並不知情，直至有次中介將公司員工名單向公司提交，以決定是否仍需增聘人手時，大老闆無意中發現了你的履歷，雖然你已離開報界，但他仍擔心你與報界朋友相聚時，閒聊間或會說了一些對公司不利的資訊，而被媒體披露，從而影響公司的業務及聲譽。」

辛木聽了無言以對，並長嘆説：「大老闆呀，我已既不是在媒體做，又在賺你的錢，又那會向外唱衰公司之理呢？」而公司若沒有不見得人的事，又何必懼怕，何必心裡有鬼呢？

辛木一直在想，勢估不到媒體工作還會對他以後的就業有影響，其它老闆還是會用特殊的眼光來看待你，認為你以往的工作，與媒體的作風乃為社會發聲，維護正義主持公道，會對公司不利。

這本來是件好事，而在香港，媒體發達，雖然很多不賺錢，但背後老闆都不太介意是否賺錢，他們本身財富豐厚，並不希罕丁點虧損，他們辦報的目的大多為擁有社會發聲的渠道，擁有自己發表政見的渠道。而事實上，香港報業式微，每年都有大量業界人才離開，若每人都如口罩老闆般介意他們的過去，那他們再找新工作不是很難嗎？

唉！辛木估不到自己「輝煌的」傳媒工作紀錄會成為新工作的負累，口罩的作用既可防禦病菌入侵人體，原來還會包住人的偽善，在金錢利益面前，道德情操有時真的不堪一擊，被粉碎得體無完膚，辛木也只好接受現實，無話可説了。

事後辛木重新想了一遍，覺得上述裁員理由理據不足，應該還有其它原因，但他想不到，相信永遠不會有答案。

惟最終辛木也無奈地接受，一如現在新冠肺炎疫情下，人們為了避免受感染，遠遠地看見你，也會保持社交距離，坐電梯時，本來已經進入了電梯裡面，也會無端端地走出來，這點大家心照了，人類本性如此，在風險與友善下，有時也會放棄友善而選擇規避風險。

被口罩廠裁掉的辛木，雖然有點不捨，但他除了接受之外，也明白到口罩廠這種新興行業冒起故然快，但衰落也會快，不會長期興旺，他相信隨著疫情過去，估計將會有不少財力欠佳或訂單減少的口罩廠會結業，所以他並不感到可惜，在找新工作時，無論是其他口罩廠或其他行業，他對自己説也要有心裡準備，工廠工是受經濟循環或社會事件所左右，不會一成不變，要有隨時被裁掉可能的心裡準備，而這也是香港工廠工人缺乏有力保障的現象，需要社會人士關注。

在經濟景況好的六十及七十年代，香港工人是受到工廠老闆熱捧的，工人因不滿工作而上街抗議的情況並不多，當然，與當時工會組織薄弱也有關係，但整體算是不錯的，工人加班會給優厚加班費，老板賺到錢會同員工慶祝甚或派發額外獎金或花紅，這些都是真實存在的，辛木有位妹妹就是在工廠工作，她經常向他提及工廠的情況，只可惜進入八十年代，香港因工人出現供不應求及地價逐漸上升，經營困難，加上內地開始改革開放提供不少優惠，香港工廠便逐漸北移了。

找新工作雖然不易，而 GG 及 Zoe 都有介紹，但辛木還是選擇了自己找工作，因為他認為處於這前景暗淡的前途，既有艱辛，在找工的過程中，也可讓他有機會重新認識香港的職場，都不失為因禍得福了。要在艱難的經濟環境下找工是不容易的，最理想的情況就是重回自己過往做開的工作，主要是對行業熟悉，有人際網絡，上手容易無需再請人調教，當然，獲得的薪酬應該比進入新行業為好。

在經過大約一個月的尋找新工作後，辛木又回到報館工作，是一家他未做過的報館，他自己都為此而感到高興，在日漸息微的紙媒環境，以及網媒興起的大勢下，竟讓他重拾故業，真的令他感到十分高興，至於能再做多久，這已不是他要考慮的了，他已一把年紀，只能盡力而為，過一日做一日，享受這上天賜予的良好機遇，再感受一下這個行業的前世今生，算是為自己將來退休後提供一份完美的回憶，一種可以向後代子孫交待的事業。

對於能夠在口罩廠工作的那一段日子，時間雖然不長，對辛木來說，感到既不後悔也感到難能可貴，因可讓他深入工廠了解香港工人的真實工作環境、了解香港社會對工廠的看法、了解香港工業發展的最新走向，以及工人每天辛勤工作為微薄薪酬所付出的血汗與辛酸情況，他為自己能夠有自己喜歡的工作而感到幸運和幸福，他

希望香港未來的工業發展，能夠藉這次突如其來的疫情所提供的難得機會能夠有轉機，能夠成為香港未來經濟增長的加速器。

（全文完）

附錄：後現代工業

香港有今日，源自韓戰爆發，聯合國對香港實施禁運，令香港轉口貿易急降，香港被逼轉營發展工業求生，加上當時內地解放，不少內地商家，尤其上海、江浙一帶的商人，他們帶著資金及技術南下香港發展，兩股力量造就了香港工業於六七十年代的輝煌。

但隨著內地於七八年實施改革開放，吸引海外資金回內地拓展經濟後，由於內地給予不少優惠政策，而本港亦面臨著工人短缺、工資上升以及廠房租金攀升等不利現象，本港廠家遂逐漸搬入內地發展，香港工業自始日漸式微。

但至近年，香港經濟再度面臨困境，支撐香港經濟的內地「自由行」受到社會運動及新冠疫情引發的封關措施的雙重打擊，香港經濟一潭死水，了無生氣。

不過，所謂有危也有機，新冠疫情影響下，市場對口罩、消毒藥水、除菌劑等產品的需求卻異常高，尤其是口罩曾一度缺貨，引發市民搶購潮。

為抓住商機，口罩廠異軍突起，在政府的資助下，不少口罩廠藉機增添機器，增大生產綫，一些也會改良生產設施以提升產品質量。

一時間，市場出現大量口罩廠招聘員工的廣告，大量失業工人湧向口罩廠工作，有些工廠未裝妥機器，為確定工廠開工後有足夠工人工作，幾個月前已在市場暗暗招工，先行鎖定一批工人。

這些工人，與以往有很大的不同，他們來自五湖四海，學歷有高有低，不同以往一般屬低學歷人士。這批工人，在高失業情況打擊下，為維持家計，無奈暫時寄身口罩廠，希望捱過疫境，伺機重新回到本來行業。

而值得市場關注的是，對口罩、消毒藥水、除菌劑等產品的需求而引發的香港工業，可否藉此再度令香港的工業重生呢？這個問題，需從多方面考察。

首先：口罩、消毒藥水、除菌劑等產品的需求能否長期持續，若僅發生於一時，疫情過後便大減，廠家便要面臨生產過剩的現象。

其次，政府是否繼續向工業界給予更多的優惠措施，一如今次給予口罩廠補貼，支持工業界的發展。

第三，香港的工廈業主或大租戶可否在租金上給予支持，若能夠，將能大大減輕廠家的經營經本，協助廠家更快立足於市場，佔領先機。

口罩市場長做長有。

經過三年疫情，各國開始復常，香港及中國也不例外，但帶口罩的習慣或規限仍然存在，只是這種現象大家都心裡有數，帶口罩的行為肯定是會隨著時光過去而減少或消失，現時過多的口罩廠預計將面臨汰弱留強的局面，不少有前瞻性的廠家都在考慮將來的前路，從報上一些廠家的訪問中得知，有些廠家已經開始減產，有些廠家開始轉型，增加其它產品的研發及產銷，以求產品多元化，減少倚靠單一產品所冒的風險，有的甚至講笑說他們正轉型生產口紅，這是脫下口罩後要呈現的美景。

但從長遠看，口罩市場還是應該長做長有的，畢竟病菌長存。

> 疫情漸趨嚴重時，不少市民排隊爭購口罩，恐買不到，這是香港人的通病，不少店舖也經常擠滿了人，目的就是選購更多口罩回家作長期使用，若果家庭成員較多，二三十個一盒的口罩很快會用完的，成為市民一項必需開支，一些公司更藉機開設連鎖店，把握商機賺錢。

短篇：

（一）口罩辛酸史

香港過去三年多發生的新冠疫情，對社會影響廣大，人民生命財產皆受到打擊，對很多人來説，是一場災難，是一場無情的煎熬，是親人的生離死別，是命運的大轉變。

疫情初起時，市民反應未太激烈，隨著情況轉趨嚴重，市民防疫意識開始提高，進行核酸檢測、在家居家工作上學、入住隔離病房、做快測、接受醫治等，成為每日新聞的主要內容，政府每日發布染疫數據，發布應對疫情措施，例如餐廳禁堂食、每張枱限人數、關閉某些公眾處所、推出安心出行及疫苗通行證等。

不少市民染疫後要進行隔離檢測，政府租用大量酒店作為隔離病房，提供膳食，後期更在竹蒿灣興建大型設施，

內地在深港邊境援建隔離設施，又由內地派人來港協助本港的醫院診治染疫人士，期間發生醫院床位不足的問題，不少染疫人士要在醫院門外冒著冷風等待安排上病房，情況真的有點狼狽。

另一項影響廣大的即是戴口罩，初期大家是否要戴口罩未取得共識，但基本上大部分市民都爭搶口罩，有人徹夜冒寒大排長龍爭購，有口罩的市民都能自願戴上以免「中招」，也擔心不戴口罩會被罰款，而真實的是確曾有不少市民因此被罰，戴口罩的舉動與相關消息逐漸成為市民生活的一部分，成為茶餘飯後的主要話題，街上可見各種不同的口罩，成為一道可愛又無奈的風景，除了口罩外，一些相關產品如清潔劑、抹手紙、消毒液、噴手液以及防護罩等，都受到市民的追捧，成為各商家的熱賣產品。

在這段日子裡，戴口罩正式成為生活的一部分，在家可以不用戴，但上班上學就要戴，這在出門前是必做的動作，若手提包或書包裡沒有準備，忘了就要回轉家裡取，大家都遵守政府的規定。

入醫院、住老人中心、回學校，參加集體活動都必須戴口罩，沒有戴口罩是不容許入餐廳，不容許探病等。

經歷這段長時間戴口罩加上疫情漸受控，終於迎來解除口罩令，政府於二〇二三年三月宣布解除戴口罩的規定，由二〇二〇年七月起政府正式立法，強制每位市民需戴口罩，至今年初正式取消，前後維持了近千天。

在取消強制戴口罩後，你自己若仍戴上是不會違規的，而事實上，在解除的初期，不少市民仍戰戰兢兢，還是不敢除低口罩，特別是一些老人、患病人士以及身體欠佳人士，高危一族如醫護人員、清潔工等，都主動戴上口罩，有些不願除口罩的市民自虐說：「如果這樣快即刻除低口罩，怕別人一時間未能認出我是誰呀。」聽後令人啼笑皆非！

目前離解除口罩令已過去三、四個月，街上戴口罩的市民仍不少，但人數卻見是越來越少，但相信隨著時間過去，戴口罩會成為部分市民的經常行為。我自己由於剛出院身體較弱，所以還是選擇戴口罩出街，總之保護好自己最重要，另外，若自己不幸染上，也不會傳給人，加上自己自通關後，也經常回內地，雖然內地也已表明疫情已受控，但回內地時戴上口罩，自己也感到較為安全。

即使你仍戴口罩出街，在經歷過三年多的疫情鍛鍊與習慣，社會上對仍戴口罩的市民是不會投以奇怪的目光，大家都會體諒戴口罩人士的行為，目的也是為保護好自己，始終身體健康是自己的，別人是不能指指點點，加上隨著世衛也宣布新冠疫情結束，但仍強調要做好疫後的工作下，部分市民戴口罩也是合理的，而在疫情過後，

也是冬季流感高峰期，戴上口罩也可防流感，大家不是從新聞報道中聽到政府急診室近期人滿為患嗎，這便是真實的情況。

某媒體在撤口罩令後訪問了一位老人家，她說：「她會一直戴口罩，即使夏天也不考慮除下，因去年曾染疫，當時病得很辛苦，不想再經歷多一次。」不過，亦有人指撤罩令可以令他們可以重新呼吸一口新鮮的空氣，畢竟戴了這麼久，每次行公園也要戴上，都聞不到花香，呼吸不到草的清鮮味道，而他認為，香港環境向來做得不錯，他不大擔心撤口罩後會令疫情反覆。另有市民表示，他早前已染過也好了，相信若日後不幸再染上，情況也不會太嚴重，所以他不太擔心，而他的家人也都放心不戴口罩，他希望香港日後不再受這種疫情所拖累，他續說生活原本就不易，疫情進一步打擊日常的生活，尤其是一些低下階層以及劏房人士，他們居住環境擠迫，人與人之間很易受到感染，但又沒有辦法防備，這真的很令人沮喪。

同時，關口放開，日後將會有更多內地人來港，若仍強制需要戴口罩，會影響旅客來港，當然，亦會有人擔心疫情會由內地帶來香港。但香港始終是一個開放型城市，一部分生活物資都要倚靠進口，當中日用食品大部分來自中國大陸，封關只會令生活更困苦。

在撤口罩令後，不少人擔心本港的口罩廠的生存空間，恐怕會有不少口罩廠倒閉，事實是否如此，要一段時間觀察才會知，但以目前來分析，市民戴少或不戴口罩，口罩廠直接要面對的肯定是口罩訂單會減少，工廠方面即使不願也要面對現實減少產量，及調整經營方針。

在醫療衛生產品方面，除了口罩外，還有其它很多的，例如清潔劑、抹手紙、消毒液、噴手液以及防護罩等，只要將部分生產綫轉營便可以了，當然，能否經營成功則要視乎管理層了，以香港人向來靈活多變的特質，相信不會難倒他們的。

除了本地市場外，其實，港商也可以發掘海外市場。雖然世衛指疫情基本結束，但全球不少地方仍有零星個案，一些經濟落後的地方，根本未有能力生產足夠的口罩，都需要從外國進口，這其實便是香港廠商可以開發的地方，可以將部分口罩轉輸海外市場，這樣便可以減低單單倚賴香港單一市場的局面，亦能為本港廠家提供開發海外市場的途徑。

另外，大家也不能忽視中國市場，雖然內地也有不少口罩廠，但質量參次，而本港的質量較有保證，部分市場相信香港的產品是有能力打入的，加上在國家致力扶持本港經濟的有利環境下，開拓內地商機是順理成章的。

為維護本地口罩廠廠家，早前有業界人士向政府呼籲，在政府採購口罩時加入「本地生產」的要求，以助業界長遠的發展。

據本地媒體早前報導，本港於二〇二〇年疫情之初，本港大約有二百家口罩廠，目前已餘約二十家，業界人士要求政府繼續扶持這些廠的生存及發展，他們說，不少口罩生產水平已達國際水平，款式由最初只生產普通藍白綠醫療平面口罩，發展到後來出現不同款式，甚至與主題公園及卡通品牌合作，吸引不少愛美人士購買。

香港目前雖致力發展高科技，加強與大灣區地區的合作，但也不能忽視基本工業的生存與發展，這是香港以前起家的資本。而要發展一項基本工業，不能急功近利，需要慢慢一步步地走，在開發市場之餘，還要為廠家提供有利的經營環境，包括降低經營成本、改善物流運輸、稅務優惠、出口補助以及加強人才培訓等。以香港的雄厚資本，政府撥出部分資源協助他們是輕而易舉的。

目前香港的樓房價格很高，租賃廠房費用高昂，水電煤等各項開支也不輕，長遠政府有需要把樓房價格降低，減低廠家租賃廠房的開支。只有在各方面給予廠家支持，口罩廠成功在本港扎根，吸引其它行業的失業人士加

入，既可發展本港的口罩業，又可解決失業問題，最後，也希望藉著今次香港口罩工業的興起與發展，可以起到築巢引鳳的作用，吸引在內地經營的本港廠家將部分工序或甚至整個生產程序搬回香港，重新增強本港的製造業。

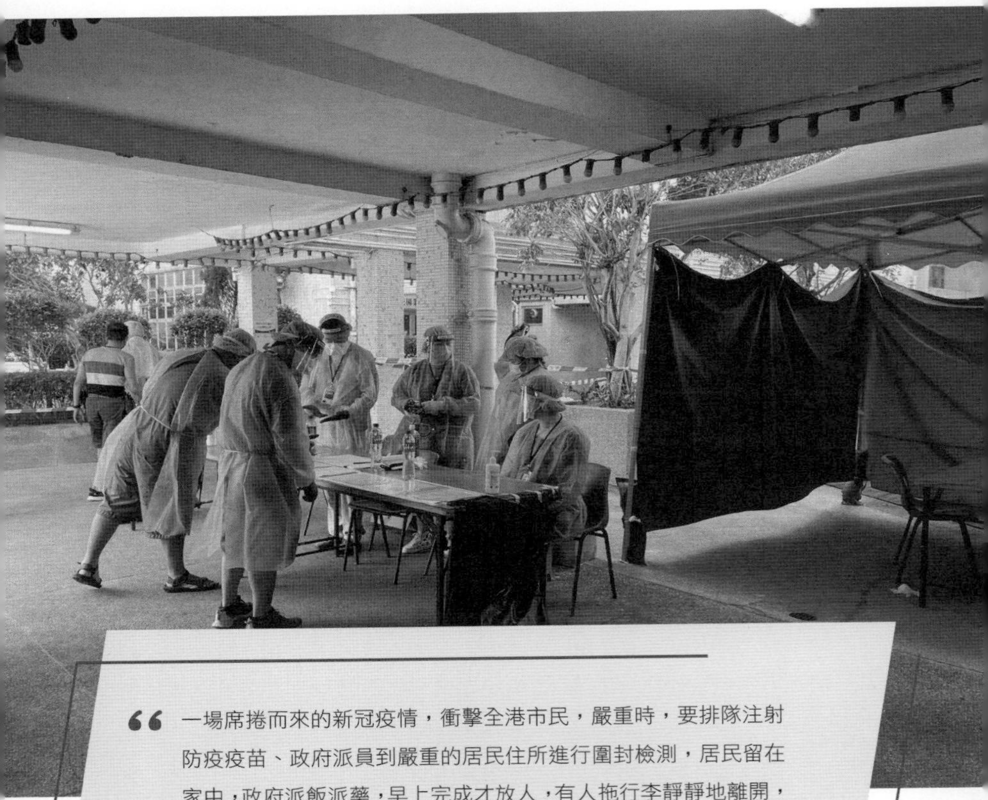

“一場席捲而來的新冠疫情，衝擊全港市民，嚴重時，要排隊注射防疫疫苗、政府派員到嚴重的居民住所進行圍封檢測，居民留在家中，政府派飯派藥，早上完成才放人，有人拖行李靜靜地離開，也不知會否把病菌外傳，總之，市民生活嚴重被打亂，只能配合政府。”

(二)戴口罩

香港政府終於二零二三年二月二十八日宣布，由三月一日起，解除口罩令，除了醫務人員及探病人士外，基本上無需再戴口罩，香港人終於可以以真面目視人，回想過去戴口罩的兩年多的日子，可說心情複雜，突然的消息，除了令人一時難以接受外，亦勾起過去戴口罩的難忘日子。

起初，政府要求戴口罩時，心裡有點不太接受，擔心令呼吸不暢，會影響身體，但在政府的規定下，全香港市民不得不接受，只好努力搜求口罩應對，慢慢地，也就適應了，家裡長期備有幾盒口罩，自此，出外時戴口罩成為必做動作，若一時忘了，也要回家取回一個戴上，以免被罰。而最佳方法就是在背包或手袋中長期備有多隻口罩，以於萬一忘記攜帶時，也無需折返回家取口罩。

在這段日子，最令本人難忘的是，在二零二一年年尾，本人不幸患病多次入院，其中一次住院住了四十天，在這段住在醫院的日子，院方要求病人戴上口罩，即使睡眠時也應戴上，由起初至出院，一直都不太願意，主要因為日間已戴了很長時間，晚上又戴，在長時間配戴下，兩耳被口罩繩勒得紅腫很痛，所以有時也會靜靜除下，

若護士有意見時才再戴上。

另外，本人的病令呼吸不太暢順，特別是睡眠時，所以睡眠時，本人是真的對戴口罩有點抗拒，所以多數不戴，護士們漸漸地也理解本人不戴口罩的原因，也沒有嚴格要求，這樣本人對戴口罩的觀感才見有所改善。

之後，本人在病癒後，由於身體仍虛弱，沒有再上班了，大部分時間留在家中，這樣就可以不用戴口罩，可以在家自由呼吸，故亦對戴口罩的抗拒也不大，偶爾外出才需配戴，自己也喜歡上了配戴口罩，這時考慮的是自己病後初癒，健康未完全復原，戴上口罩可加強保護，減低受感染的機會，尤其是在冬季，除了新冠病菌外，也怕染上流行性感冒，心想即使政府沒有戴口罩的要求，自己也會自動戴上。

當正式實施不用戴口罩上街時，原以為大眾會十分高興齊齊除口罩，但始料不及，街上行人十居其九也照往常一樣自動戴上，傳媒訪問了一些市民，年老的説戴口罩已習慣了，戴著口罩也不覺辛苦，而繼續佩戴是因為擔心冬季流感易受感染，而年青的則表示在人多的地方仍擔心會受感染，所以會在人多的地方如乘坐巴士或地鐵時會繼續佩戴，至於小朋友也是體弱的一群，家長也堅持他們上學時戴上口罩。

不過，相信隨著口罩令解除的日子漸長，會有愈來愈多的市民加入不戴口罩上街的行動，大家再以真面目見人。

令大眾關注的一點就是口罩的銷路，當人們不再佩戴口罩，口罩需求便會大減，口罩廠的經營便會變得困難，相信不少商家會採取應對的方法，有商家已第一時間表示會考慮轉型，轉往其它行業，零售店也會轉型，有些表示會轉營經銷高級食材，香港商家的應變能力強由此可見一斑。

“從小離開家鄉來了香港，幾十年來與親人見少離多，故鄉的親人、山山水水經常縈繞心頭，若果時間久了，掛念的心會更強，三年多的疫情阻斷了中港兩地互相往來，過時過節、清明祭祖以及親人生日等，都無辦法相聚，只能隔著重洋利用其它方法聯絡以解思念，遊子心就是這樣被煎熬………”

(三) 思鄉

新冠疫情肆虐本港已超過了一年，年內因為封關無法回鄉，心情甚難受，惟願家鄉兩老身體健康，等到相見一刻，再見春暖花開。

在過去的這一年，因為封關，不能外遊或回鄉，心情經常受影響起伏無常，低落時低頭無語，家人初期見狀都擔憂，期後知悉乃掛慮鄉中兩老而加以開解，但此情況並未能消除，平日只好多去公園散心，冀不會引發憂鬱症。

一年說短也不短，本港疫情已奪去超過兩百位寶貴市民的生命，抗病毒的工作目前還在搏鬥中，向市民注射疫苗。疫情拖累下，本港經濟受沉重打擊，百業蕭條，不少老字號如 UA 院綫也全面結業，失業率攀升，本人亦受累失業至今仍未找到新工。

最難過的還是未能送親人最後一程，本人姑媽由小看著本人長大，向來甚是關照，幫助家里渡過不少難關，感

情至深，一直祈求不要在此時發生的事，無奈最終還是發生了，姑媽於此時老去，由於封關，未能親送一程，天人永隔，只能徒嘆奈何！

另一位也年老在香港生活的姑媽，因不慎跌倒入院住了大半年，由於醫院規定不準探視，也無法見她一面加以慰問，出院後，因疫情加重，也不敢前往她家中探視，以免帶去病菌。

一年就這樣在不知不覺中渡過，2021 年的春天也在無聲中來到，公園滿眼春色，光禿禿的樹梢已長出了不少新嫩的綠芽，各種花卉爭相鬥艷，粉色及白色的杜鵑花佔據了整片花圃，洋紫荊及黃花風鈴木也不甘示弱，紫色的花朵和黃澄澄的黃花美得令人陶醉不已。

然而，再美的春色也無法抹去心中的抑鬱，回到家中，電視新聞又是那些重複播放的疫情進展，見不到盡頭，心想何時才見光明呢？

一個人在外闖盪數十年，思鄉之心每日有增無減，一日不見如隔三秋，雖然在港成家立業，但近在咫尺的故鄉，每刻掀動遊子心，對家鄉的思念是別人不易理解的，幸好家鄉有親人照顧兩老，才不致太過擔心兩老的起居。

並借羅文的前程錦繡歌詞自勵：

斜陽裡，氣魄更壯，斜陽落下，心中不必驚慌，知道聽朝天邊一光新的希望。

但願明天會更好！

(四) 疫情隔斷中港情

一場新冠肺炎疫情襲來，中港兩地關口被封鎖達半年之久至今仍未開，兩地市民從此分隔兩地，彷彿一九四九年，國民黨退守台灣後，從此與母親大陸相隔，幾十年來再也無法聯通來往。

本人來港接近50年，一直過著游子的生活，在彈丸之地為生活打拚，過往因各種原因，例如反資、文革等，包括港澳兩地在內的海外華人想回國探親，基本上不可能也不敢，父母親人幾十年未見一眼，隨著改革開放後，此情況才見改善，在有時間及經濟條件容許下，都會盡量回去探親，而本人由於離家鄉不遠，來往的次數也較頻繁。

在那段中港互通的日子，見多了雙親一面，亦見證著中國的改變，城市面貌日新月異，人們的精神面貌也煥然一新，由於家鄉鄰近港澳，思想也較內陸人民更開放。

然而，因今次嚴重的疫情，中港兩地政府狠狠地把關口關上，不容許市民過關，要過關則要接受隔離檢疫，而中港兩地人民多年來的自由來往便因此戛然停止，中港情由濃變淡。

內地父母已屬耄耋之年，身體狀況越來越差，現時要了解他們的生活狀況，只能透過電話了解，但無法直視探親及給予照應，惟幸家中尚有兄長代勞，父母才不致無人照顧，尚算不幸中之大幸。

疫情下，兩地隔斷，阻礙了不少中港家庭的正常來往，除了情感上很難適應，如海峽兩岸當年老兵一樣，只有令人心碎地牽腸掛肚外，亦造成實際生活的不便。本人一位朋友，家在港，在深圳工作，為了生活，選擇留在深圳，年老父母一個獨自在家，一個在護老院生活，費用由政府每月打入其銀行繳交，但因身在深圳，無法繳款，一直以來都由本人代勞，而最悲哀的是他無法與父母相見。

早前在關口未解封前，這位朋友的父親便不幸離世，即使要做隔離也要急著回港為父親辦理後事，最後也因疫情關係，未能在殯儀館舉行葬禮，最後只能由醫院代辦，對朋友來說真的很難過，養育自己長大的父親，要走了也只能靜靜地離去，其他親人想向他送別也未能做到，實在是令人傷感。

另一位同鄉的遭遇更可悲，老母親不幸於此時病亡，無法趕回家鄉送母親最後一程，心里十分難過，一直指責

自己的不是，在生已甚少在母親側伴侍奉，死後竟也無法盡人子之孝，可以説傷心欲絕。此事令人想起孔子弟子曾參母親，因家中來了客人不知所措，竟用牙咬自己的手指，令曾參也感心痛，而知道他母親在呼喚他回家，他亦可以立即回家，惟本人這位同鄉卻沒有得到上天這份厚待了。

擔心未能盡孝的人還有本人，一旦老人此段時間離世，也是無法回去奔喪，故令本人每日提心吊膽，祈盼不要傳來惡耗。

其實，這次疫情，雖然突如其來，較難預防，但有關方面若能在治理環境及管治方面做得理想些，便可大大降低疫情爆發的機會，不至於這麼多人命枉送，亦影響市民的正常生活，而本人亦因工作關係回了內地一次，回港後須在家過了14天的隔離生活，回想隔離日子，每天無所事事，漫無目的，終日發出各種埋怨，心緒不寧，精神狀態較上班還差。

而隨著疫情漸去，希望中港政府能體恤民情，盡早放開關口，讓兩地人民盡快回復正常的往來。（政府終趕在農曆年前通關）

（五）失業

近期受到失業困擾，心情欠佳，經常在家無精打彩，幸好平日養成一切隨緣的心態，始能夠面對這場曠日持久的新冠疫情的困境。

自從4月1日失業起，不覺已超過3個月，至今仍未能找到新工作，算是一生人工作以來失業後遲遲仍未找到新工作最長時間一次，由於已接近退休年齡，找工前路實不明朗。以往失業後，很快便能找到新工作，但今次新冠疫情嚴重，不少行業被迫停業或減少員工，結果導致失業人口大增，要在此環境下找工作，無疑是比平日更為困難。

回想畢業時，一心想從事一直的理想工作--記者，但始終找不到，於是入了一家出版社工作了數年，之後才正式找到記者工作，至今已服務了多家報館。

在報界工作的這段日子，大約25年吧，轉換公司的原因，大概離不開公司結業、裁員或自己離職等3大原因，

由於做記者，每天出外採訪時，都會見到其它報館派出的記者，大家很快認識並成為朋友，回到公司時，若採訪時有不明之處，都會通電話向對方詢問，日久，也會談及各自工作的報館的情況，因此，整個報業都比較了解，例如誰家報館有記者離職或升職了。

正因為彼此熟悉，所以當工作沒了，很快便會有朋友致電關心，通知那家報館正找人，若適合，去該報館見見該報主管便成事了，既無需提交求職信函，也無需提交履歷表，只需上班時再提交學歷證明副本就可以了，因此，一直以來，在我心中，從來沒有感到找工作難的地方。

然而，遇上去年社運及今年又遇上全球性新冠疫情所影響，香港經濟受到重創，不幸地，工作又掉了，雖然當初都有感覺今年再找新工不易，一來因經濟差，失業率嚴重，二來自己年紀也大了，已到 56 接近 60 歲退休年齡，因年紀大一向找工困難，但萬萬估不到，今次情況較想像中差很多。

試過申請政府為促進就業而推出的新職位，雖然任職時間不長，但申請人數眾多，最終也落敗，最新申請的一項職位--行政助理，據悉收到逾萬份申請，競逐 300 個職位，平均逾 30 人競逐一個職位，這種競爭劇烈情況很久也未見過了。

一次又一次的應徵失敗，精神經常受到困擾，有時面對勞工處網上登載的招聘消息，腦海中竟一片空白，毫無頭緒，茫然不知所措，自己也預料不到在中年將盡的時候會遇上這般難堪的境況。

幸好這段時間，有兒子在家工作，有人陪伴在側，間中關心下求職情況，又給予鼓勵與安慰，另外，太太仍有工作，有收入，短期還可支撐這個家，減輕了我求職心切的壓力。

以事業看，若發展的理想，此時應是到了事業的巔峰或接近巔峰，是享受高薪及享受職業厚待、享受成功喜悅的時候，又何來為找工作而愁眉苦臉呢？

在失落時，為解心中鬱結，暫且放下找工一事，轉移視線，做下家務、看下電視節目、或外出往公園散心，這樣，總算一日一日地平安過去，盡管有時頭有點痛，但問題也不大，朋友建議，生活保持規律、避免精神受到刺激，保證有充足睡眠，保持身心愉快，便可化解很多病症。

為尋求突破，接受了朋友的建議，報讀保安證書。朋友說：「一般人在無處找到工作時，保安是最後的一根稻草，

可以暫時解決缺錢之苦。」起初本不太接受，因此工種只需小學程度，後來朋友又向我進一步講述保安行業近年的變化後，我才欣然接受。

他說：「此行業入行門檻確不高，基本上，只要交點費用及上一點課程，便可找工了，但入行後，往後發展前景還不俗呢，因不少保安工種原來是要求高些學歷及技能，例如一些豪宅的保安，可能有外藉人士居住，保安便需具備較佳的英語會話了，又有些車場保安，原來需要當值保安泊車，於是保安員要有車牌才可出任，而有些出任押鈔公司的保安危險性較大，所以他們的收入也較佳了。」

聽完朋友的解說，便義無反顧地去報名及完成了課程，目前正等待警務處發出正式的保安員工作證書。相信取得後應該會很快找到新工作。家人聽了不但無反對，還替我高興。

從深一層想，今次因失業而再找工作的機會，雖然曾令人心情憔悴，擔心生活出現突變，但原來可以藉機學習新的工作知識，認識更多新朋友，有機會認識新的行業，亦無常不是一件好事。

老實說，人生不如意事十常八九，雖然今次情況罕見，要回復到從前的生活還有一段長的路，但我相信，只要對前路有信心，對自己有信心，困難總可以有辦法解決，迎接更美好的將來。

“日子匆匆，搬離慈雲山超過三十年了，重建後的村落形狀幾乎無變，變的是建成高高的樓房、重鬆地板的足球場，以及最大的變化便是以最簡單的方法 -- 新建商場，化解了上落斜坡的不便，高招！

十六層高的第四十七座（之後改名愛勤樓，目前改為正暉樓），已成回憶，移民澳洲的好鄰居也失去了聯絡，望著偌大新修後的球場，以及依然茂盛的鳳凰木，心潮起伏，一切已成過去。”

（六）緬懷慈雲山

新冠疫情打擊全球人類，本港亦難倖免，其中重災區之一慈雲山，一夜間變成死城，與筆者小時候所認識的慈雲山相比，彷如隔世，人面全非。

小時候，當時約八十年代初，筆者升上初中，有幸由觀塘「劏房」搬上慈雲山公屋，單位人口兩人，只有筆者和他的阿婆（廣東人多數稱嫲嫲），所以只能分到一個細單位，是由一個大單位劏開成兩個所得來，筆者分到的單位面積約 180 呎，雖然面積細，但五臟俱全，有獨立的廁所及廚房，當然面積不大，但對筆者來說，已感很滿足了。

筆者當時居於慈愛村愛勤樓（未清拆重建前），位於慈雲山最頂邊的山邊，住的樓層亦較高，單位正正對著大球場，由窗俯看球場，有高高在上之感。每晚華燈初上，從窗口往外看，美麗奪目，大篋的球場燈，從四隻角射出，強力地照著球場每處地方，彷如跳舞場一樣，閃爍耀眼，每晚飯後，筆者都會在窗前稍站一會，領略其迷人色彩。

球場，正確說應該叫運動場，內裡除了一個大足球場外，還有兩個藍球場、一個溜冰場、兩個羽毛球場，此外，還設有花圃、各式長椅、兒童遊樂場以及小食亭，在當時的政府屋村來說，規模算大了。

晚飯完後，尤其在夏天，很少家庭擁有冷氣機，因此，不少家庭都會帶著小朋友到運動場遊玩或散步，亦可以享受清風。慈雲山地處山谷，夏天，清風從山頂向山腳吹送，所形成的谷風十分清涼，勝過開冷氣，所以很多家庭也不裝冷氣機，晚間只開風扇便入睡。

大球場由早到晚都有人，早上老人家散步、中午青壯年坐長椅午餐、黃昏中小學生放學後散聚在運動場的各處、有打球的、有在長椅上及小食亭閒聊的，而到了晚上，年青村民趁未吃晚飯到球場做一會運動，最多的是圍繞著足球場慢跑。

當大家以為到了夜深時，球場會漸漸地安靜下來，這就錯了，相反，這是一天最嘈雜的時候，此時，一些不肯早睡又無心學業的年青男女，會聚集在燈柱下，大聲的叫喊，又說些粗言穢語，抽烟，有時甚至打架，即使住在高高的家裡，也能聽得清清楚楚。這群被標籤為壞孩子的「童黨」，不受家長歡迎，成為家長的反面教材，雖然他們都有社工跟進，但問題始終無法根治，成為慈雲山一直都無法抹去的疤痕。今日重建後的球場，煥然一新，過去的疤痕也隨著時光而消逝。

除了球場令筆者難忘外，斜斜的坡路亦印象深刻，若不坐車，由村去外面，如毓華街以及黃大仙，只能靠徒步了，對我來說，落山容易些，上山則頗為辛苦，老人家就更辛苦了。有時村民要出外，大多因為村內無商場，很多商品也買不到，要到毓華街的地舖以及黃大仙內的商場選購，所以毓華街經常擠得水洩不通。

毓華街雖然街道短短，一條路之外再包括兩條橫巷以及後街，但店舖各色其式，有金舖、鞋舖、成衣店、酒家餐館大牌檔、報紙檔和戲院，還有遊戲室和雜貨店等。街道人多感到擠逼一方面因行人路不濶，屬香港街道普遍情況，最主要是因為該道路為慈雲山的巴士向外走的通道，巴士停站時令道路行車緩慢，此外，毓華街另一面為慈雲山，為山坡斜面對住毓華街，因此，從遠處看，人和車尤如逼在一條窄巷內。

小時候筆者經常到毓華街光顧，買各樣東西，入遊戲室和戲院看電影，到雜貨店買零食等，令人回味無窮。

另一處筆者小時候經常流連的地方乃學校區，筆者經常在那裡踢球。慈雲山由於位於山上，環境較清幽，適宜

學生上課，因此，區內有多家中小學，其中有多家還是區內名校。

筆者經常在那裡玩耍，少數同學們放學後都會留下，有的閒聊、有的打藍球、有的在草地上追逐等。每當有時剛經過那裡，見到同學們三三兩兩地放學的情景，都特別興奮，經常期盼自己長大後跟他們一樣上中學的情形。

近年校園區還加建了數間中小學，令到該區尤如變成獨立的校園區，每朝早上或每日黃昏，都有大批學生出入，巴士站都會排起長長的人龍，十分熱鬧和十分壯觀。但新冠疫情後，學校長期停課，校園區變得冷清，筆者見到都感到心寒以及某種的失落，都懷緬以往那種熙來攘往的時刻，期盼早日回歸。

慈雲山位於山上，在平地上興建完大廈後，山後還留有一座高高的山，這山雖不算高，但也不矮 ，且鋪設有較平坦的梯級，行走方便，然而，平日很少人走上去，但筆者卻喜歡攀登此山，有時還會帶上相機上去。

沿山路行上山，初段是水泥鋪設的梯級，過了一段後，也是整齊的梯級，但鋪設的材料為石板塊，兩邊生滿樹木，若夏天走在其中，會十分清涼，到了山的中段，有一條山澗流下，但這山澗水的流量不大，再上就會見到一組廟宇，這群廟宇仍有人使用，其中一間安放了先人位，仍見有香火。不過，亦有一兩間稍殘舊，似缺乏維

修。作為攝影愛好者，林中藏著廟宇，氣氛寧靜，光綫柔和，是很適宜拍攝的。筆者經常上山拍攝。再上會見有一條由山腳延伸上去的馬路，間中會有私家車及的士駛過，因山頂有一兩家人居住，部份專門上山看日落。在山的接近最高處，適宜欣賞日出日落，以及俯瞰整個慈雲山及九龍半島，當華燈初上時，燈火輝煌，十分奪目。此景點亦吸引不少蜜運中的情侶，依偎在山邊，一邊欣賞美景，一邊卿卿我我。

山上風光依然不變，但山腳下的風景卻發生了巨變。疫情前，經過重建後的慈雲山，曾經如何風光與熱鬧，但一瞬間，整條村由熱鬧變成死寂，人人自危，大家都留在家中，除了去市場買菜外，盡量避免外出，平日人多擠擁的慈雲山購物中心，商鋪十室九空，當日人山人海的茶樓，如今早已關上鐵閘。毓華街不少商鋪也不開了，行人路人流稀疏，真的從未見到過此景象。

早前政府派員上慈正村為村民進行檢測，希望盡快找到源頭，杜絕疫情進一步擴散，令社區盡快回復當日的繁華。作為在這區生活了多年的筆者，當然希望慈雲山能夠早點回復疫前的興旺，讓人重回正常的生活，讓社區更加生色。（疫情後，香港各區正逐漸恢復往日的景況，希望不要再發生類似的疫情）

自序

這次是我第一次自資出書，心情激動，這是我小時候一直的夢想，雖然我知道自己還未到這個水平，但都想冒昧一試，算是了卻多年心願，還請讀者包容。

本書篇幅不長，是我在新冠疫情肆虐下做了短期工回來後，心血來潮想記低一些人和事，當然，事先聲明，故事是虛構的，寫此書最主要是本人覺得遇上疫情的「大時代」，香港人三年來歷盡艱辛，雖然紙媒網媒及電視電台每日都鋪天蓋地地報道相關消息，予人吃不消的感覺，但以書本形式作紀錄的則較少，這是其中一個寫作動力。

另外，香港人經歷疫情洗禮，也改變了很多，不少人因此掉了工作，失去了親人朋友，也中斷了中港兩地家庭的聯繫，令到不少人倍感痛苦，無助，都希望借此書表白一下他們的無奈與失落。

除此之外，香港的作者一向都比較少以工廠作背景，其實，我感到工廠是一處理想的寫作場景，尤其在香港工業北移後，香港的工廠就更為珍稀，一向勤懇的香港工人值得人們尊重與成為筆下的主角，以樸素的工人一族為書中角色，相信會容易引起社會的共鳴。

此外，本人也想藉此機會回顧一下過往香港工業發展之路，本人七十年代由內地來港，正值香港經濟起飛之始，五十年來見證著香港工業的由盛轉衰，自己也曾於讀書時做過工廠兼職，也有家人勤懇地在工廠賺錢養家，雖然過去了這麼多年，對工廠那份情懷還是存在的，每次經過觀塘、荃灣及火炭等工業區，都有一份親切感，以往在工廠工作，去工廠二樓午膳，去工廠樓上購物等等場景，間中也依稀浮現腦海中，一切好像昨日般，難以忘懷。

我希望讀者看完這書，知悉自己是如何度過新冠疫情的困擾，把經歷的痛苦釋懷，未來重新上路，希望未來更美好，同時也緬懷一下香港工業過去的輝煌，未來也應努力將它發展得更好。

在此多謝編輯此書的各人，多謝他們的幫助令我可以實現出書的夢想！

書名 | 口罩廠內望
作者 | 曲辰
出版 | 超媒體出版有限公司
地址 | 荃灣柴灣角街 34-36 號萬達來工業中心 21 樓 2 室
出版計劃查詢 | (852)3596 4296
電郵 | info@easy-publish.org
網址 | http://www.easy-publish.org
香港總經銷 | 聯合新零售（香港）有限公司
出版日期 | 2023 年 9 月
圖書分類 | 流行讀物
國際書號 | 978-988-8806-87-4
定價 | HK$45

Printed and Published in Hong Kong